JN063971

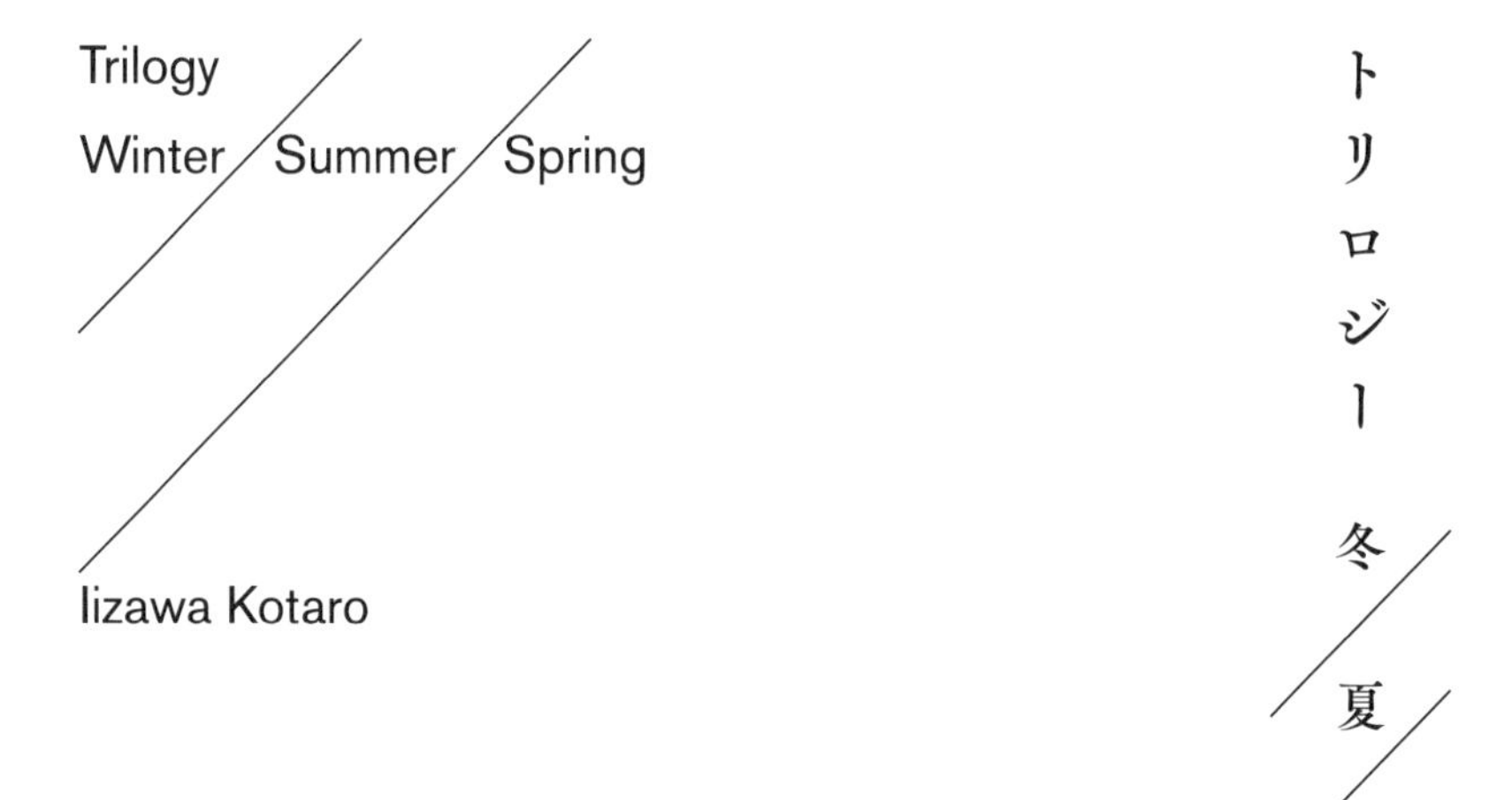

トリロジー 冬／夏／春

飯沢耕太郎

Trilogy
Winter／Summer／Spring

Iizawa Kotaro

目次

冬／ウクライナのきのこ採り

Winter; Mushroom Gathering in Ukraine

夏／旅の断片　Summer; Fragments of Travels

春／アザラシたち　Spring; Seals

冬／ウクライナのきのこ採り

Winter; Mushroom Gathering in Ukraine

ウクライナのきのこ採り

秋になったら
ニガヨモギと呼ばれる森にきのこを採りにいこうと
オレクサンドルとイゴールとヤロスラーヴが話しているのを
聞きながら眠りにつく

地下壕の暮らしももう二十日目だ
いつになったら外に出られるのか？
まだ季節は早いけれど　もうすぐ森の焼け跡から
トガリアミガサタケが一斉に生え出てくるはずだ

それにしても

あの夜はすごいものを見たと
オレクサンドルが身ぶり手ぶりをまじえて
話をつづけている

道に迷って
森の奥へとまぎれこんでしまった
日が暮れたので　焚き火でもして暖まろうと
木の枝や枯れ葉をかき集めて火をつけた
膝を抱えてうとうとしていたら　つい眠ってしまったらしい
気がついたら火も消えて
月があたりを照らしている
そこに何があったか　わかるかい？

ボロヴィク〈ヤマドリタケ〉だ！
イゴールが叫ぶ

えーっ　なんでわかったんだ？
そう　ボロヴィクの大群落だ
数えきれないほどのきのこが　目の届く限り
月明かりの地面にびっしり生えているんだ

で　どうしたんだ？
もちろん片っ端から採りはじめたさ
持ってきた籠にいっぱい
でも　採っても採ってもきのこはなくならない
むしろもっと数が増えてくるみたいなんだ
俺は怖くなって
籠をほっぽりだして逃げ出したよ
闇雲に斜面を下って森を抜けたら
ようやく道にたどり着いた
あの夜のことは忘れられない

オレクサンドルはそこで話をやめ
ごそごそ寝袋に潜りこんだ
みぞれ混じりの寒い夜だ
今日は珍しく砲撃の音が途絶えている

夢を見た
俺はニガヨモギの森の奥に倒れている
胸からしたたる血が　草むらを赤く染める
俺のからだをきのこの群れが包みこむ
真っ赤なボロヴィク
月の光

鉄兜をかぶった
オレクサンドルとイゴールとヤロスラーヴが

首を伸ばして　俺ときのこを覗きこんでいる
手に籠をさげている。

朝／鹿の首

明け方に見た怖い夢
どうやら映画の一場面らしい

逞しい体つきの初老の男が
両手に鎖つきの手錠を嵌められ
素っ裸で　よろめきつつ
追いたてられるように歩いていく
彼の視線の先には断頭台
男は退位した国王で
喚きたてる大勢の見物人たちの前で
これから首を切られるようだ

顔の見えない処刑人が
男の肩に手をやり
群衆の方に向き直らせる
ゆっくりと前に回って
短刀で男のペニスを切断する
下に落ちて転がるペニス
粘土細工の作り物めいている
男の股間に　黒々とした穴が見える

場面が変わって
画家がキャンバスに向かっている
青と黄色と赤とに塗り分けられた
地図のようなものを描く
画家の手のクローズアップ

茶色っぽい染み　罵り声
バフムートは地獄だ！
そのまま暗転

そこで目が覚めた
寒さに震えながら起きあがり
スリッパをひっかけてトイレに向かう
長々と小便をして
黄色っぽい小水に目をやる
便座の蓋の内側に　プラスチックのボードが
貼りつけてある

コロナウィルス飛散防止のため
トイレは蓋を完全に閉めてから流してください
蓋を閉めて　レバーを下に押しやる

ごおっという水の音
窓から差し込む
鉛色の光

地面に落ちて凍りついている
鹿の首の幻
まだ　夜は明けない。

真冬の朝の歌

小窓から漏れる光は
薄い紫がかった灰色
鉛に封じ込められた種子のように
凍りついた時のかけらが
そこらで息を殺している

——倦(う)んじてし　人の心を
——諫(いさ)める　なにものもなし
中原中也もまた
心が悴(かじか)むようなこんな朝を
何度となく迎えていたのだろうか

旅ばかりしていたころ
東アフリカの海辺の街で
モスクのスピーカーから流れる
大音量のコーランの朗唱で
目を醒ましたことがあった

それが長々と続いたあとで
今度は安宿の隣の家で飼っている驢馬(ろば)たちが
締め殺されるような悲鳴を上げる
ベッドを輾転として
もう眠れない

腹が立ったが
同時に幸福な気分が込み上げてきた

今日一日　自分の好きなように過ごすことができる
どこに行ってもいいし
なにをやってもいい

もうあんな朝は
来ないのだろうか？
決められたこと
やらなければならないことだけが殖えつづけ
日々を殺していくのだろうか？

部屋は冷えきっている
十年に一度とかいう
寒波が襲来しているらしい
――うしなひし　さまざまの夢
――森竝（もりなみ）は　風に鳴るかな

小鳥らの歌も
驢馬の哭き声も聞こえない
真冬の朝の歌
締めわすれた蛇口から
ぴと　ぴと　水が滴り落ちる

縺れたシーツ
絡まりあった想い
世界が静かに毀（こわ）れていく。

▼引用は中原中也「朝の歌」（『山羊の歌』一九三四年所収）より

三秒の永遠

パリ郊外の牛乳屋の扉の陰に
身を潜めている鬼
道を横切って店にやってくる二人の姉妹を
取って喰おうとしている

鬼は我とわが身を歎いて
大粒の涙を流す
女の子たちに何の恨みもない
ただただお腹が空いているだけ
昨晩は店の主人と奥方をむさぼり喰ったのだが
それでも空腹はおさまらない

姉は五歳くらい
妹は三歳くらいだろうか
姉はブリキ製の牛乳缶を手に持ち
えり巻きで顔が半分隠れた
妹の手を引いている

扉の陰では
鬼が歯がみし
足踏みしながら涙を流す
できればここまで来てほしくない
時間が止まってしまえばいい
そうすれば女の子たちは永遠に
牛乳屋にたどり着くことはないだろう

だが鬼は知っている
女の子たちが
三秒後にはドアノブに手をかけ
店のなかに入ってくるということを
そしてきょとんとした顔で
そこにいる鬼を見上げるということを

鬼は五歳くらいの姉の肩に手をかけ
ひっぱり上げて
頭からひと呑みにする
妹は目を見ひらいてそれを見ている
鬼は大粒の涙を流す

それから
妹のちっちゃな頭をつかみ

ワインのコルク栓のように引き抜いて
口のなかに放り込む。

▼「三秒の永遠」はロベール・ドアノーの写真集のタイトル。
(Robert Doisneau, Trois secondes d'éternité, Edité par Contrejour, 1984)

Robert Doisneau, 《Les petits poucets qui vont au lait》 1932

フラ・アンジェリコの受胎告知

金色と赤と薄緑と黒のだんだら模様の翼をなかば広げ
腕を胸のところで組んだ大天使ガブリエルが
聖なる処女マリアにそのことを告げる
神の子がそなたのなかに
宿っていると

マリアはとうにそのことを知っているので
たいして驚きはしない
むしろこの厄介な儀式をはやく終わらせ
パンとミルクと蜂蜜の朝餉をとりたいと思っている

ついでにすっぱいスモモもたべたい

金色と赤と薄緑と黒のだんだら模様の翼を広げた
情け容赦のない大天使ガブリエルは
言うべきことをぜんぶ言いおわると
長居は無用とばかりに
さっさと飛び去っていった

そんな絵が　フィレンツェのサン・マルコ修道院にある
のちにフラ・アンジェリコと呼ばれるようになる
修道士のグイド・ディ・ピエトロが
一四四〇年にフレスコ画で描いた
粉っぽい白い光が
絵のなかを（絵のそとも）満たしている

〈覆(くつがへ)された寶石のやうな朝〉
といいたいところだが
今朝はあまりにも湿っぽすぎるし
地上にはめいっぱい　放射線が降り注いでいる

マリアもイエスもガブリエルも
あれから何度となく復活をくり返し
われらの愚行をたしなめつつ　救ってくれたのだが
どうやら今朝は不在のようだ

Alas!

▼引用は西脇順三郎「天気」（『Ambarvalia』一九三三年所収）より。

ツィゴイネル・ワイゼン

蓄音機のクランクを回し
針を置くと
チリチリというノイズとともに
サラサーテがヴァイオリンを自分で弾いた
ツィゴイネル・ワイゼンが聞こえてくる

一九〇四年録音のグラモフォン盤
言わずと知れた
第一楽章の終わりのあたりに
サラサーテの発する声が入っているやつだ
内田百閒が「サラサーテの盤」を書き

鈴木清順が
映画「ツィゴイネルワイゼン」を監督した

あれ
なんて言ってるかわかるかい？
わたしには
「ゴリアテは首を切られた」って聞こえるんだけど
そんなことはないわ
「だるまさんがころんだ」って言ってるのよ
誰に聞いても
何度聞いても
違った答えが返ってくる

蓄音機はゼンマイ仕掛けなので
クランクを回すのを忘れると

曲の途中でも
間伸びして止まってしまう
それがちょうど
サラサーテの声が終わったところだった

その途端に
カラカラと何か屋根をころがり落ちていった
誰かが
小石か骨を投げ上げたのだろうか？
もう一度　カラカラ
そしてもう一回
あとは　無音……。

どこにもいない男

どこにもいない男が
どこにもない国の
ありえないほど高い塔のうえから
誰に向けたのでもない
どうでもいいことを
どでかい声で叫んでいる

どこにもいない男は
どこにでもいる男とよく似ていて
どちらがどちらなのか区別がつかない
たしかどちらかの目の下に

目立たないほどの大きさの
ほくろがあったはずだ

どこにもいない男は
どこか遠くに行こうと思って
はるか昔に家を出たきり
一度も村には戻っていない
どこにでもいる男は
いまも雌牛の乳を絞っているはずだ

どこにもいない男は
どこにもない国の
ありえないほど高い塔のうえで
毎日うたをつくっている
リコーダーを吹くこともある

誰もきいてはいないのだが

かつてはほっそりしていたが
次第にフェルナンド・ボテロ化した嫁が
次から次へと子供を産み育て
孫もできて
どこにでもいる男は
いまは六十四歳になってしまった

どこにもいない男は
どこにもない国の
ありえないほど高い塔のうえで
ずっと一人暮らし
すっぱい葡萄の種を吐き散らかして
きょうもうたをつくっている

どこにもいない男と
どこにでもいる男は
いつか巡りあうことはあるのだろうか
絶対にまじわらない双曲線が
かすかに震えながら
奇跡のようにかさなりあうその時

互いに互いを見つめ
あっ　と声をもらしたその次の瞬間に
鐘が打ち鳴らされ
鳩の群れが舞いあがり
合唱隊の荘厳なコラールに包みこまれて
どこにもいない男は

もうすでに息絶えていた。

落下するアリス

アリスは落ちていく
ポケットから懐中時計を取り出し
「大変だ！　遅れちまう」
と　叫んで巣穴に飛び込んでいった
白兎（ホワイト・ラビット）を追って

アリスは落ちていく
食器棚に乗っかっていたオレンジマーマレードと
ラズベリージャムを舐めながら
甘味と苦味
絶妙のブレンド

オークでしつらえた本棚が見えてくる
『ビューイック英国鳥類図誌』
マコーレー『英国史』
バニヤン『天路歴程』
それとモーディカイ・クックの『眠りの七人姉妹』

『眠りの七人姉妹』とは七種のドラッグ
煙草　阿片　インド大麻　檳榔（ビンロウ）　コカ　ダチュラ
そしてベニテングタケ
アリスは落ちながら
ベニテングタケについての記述を読む

シベリアのシャーマンによる摂取の記録
〈道に落ちている蕈は

恐るべき大きさの物体に見える
また　ひと跳びで
エールの樽を飛び越えられるように感じる〉

デスクの上には
なぜか　南極を上にした逆さの地球儀
イングランドの対蹠地はどこだったっけ？
ブラジル？　ニュージーランド？
それともジパング？

アリスは落ちていく
来たるべき変身の予感に打ち震えながら
首が伸びる　腕が伸びる
足も伸びる
その先が八本に分かれてうごめく

オクトパス・ガーデンは
深い海の底
陽の当たらない静かな庭
We would be happy, you and me
No-one to tell us what to do

アリスは落ちていく
落ちるのにももう飽きてきたわ
だって落っこちていくだけで
なんにも起こらないし
誰にも会わないいんだもの

グレイス・スリックが
物憂げに歌う声が

どこからともなく流れてくる
Feed your head
Feed your head……

あれは何？
ずっと下のほうから　橙色の光が射してくる
「黄金の午後」の
川下りの記憶がよみがえる
ドジソンさんの白いカンカン帽

遠い嵐みたいな
ごおっという　くぐもった音が聞こえてくる
アリスは耳を塞ぐ
そのとたんに
9.8［m/s2］の加速度で地面に叩きつけられる

アリスはぐちゃぐちゃの肉の塊
血まみれのミンチボール
その下には　ちょっと前に落下していった白兎（ホワイト・ラビット）が
ぺしゃんこのパンケーキみたいに
潰されていた。

▼引用は The Beatles, Octpus's Garden (lyrics by Ringo Starr) / Jefferson Airplane, White Rabbit (lyrics by Grace Slick)

Behind the Mask

Is it me / Is it you / Behind the Mask, I ask
Is it me / Is it you / Who wears another face
（YMO, Behind the Mask, lyrics by Chris Mosdel）

（……鏡のかけらをちりばめた仮面をつけた男が
革手袋の指を伸ばしてわたしをさし招く）

もっと近くに来るがいい
仮面の奥の顔を見たいのだろう？
そこに何があるか知りたいのだろう？

さあこれから面白いショウを見せてやろう

法外な料金などとらないから大丈夫
心配しないでもっと近くに来なさい

さあこれから仮面をはずすよ
だがすんなりいくかどうか俺にもわからない
なにしろ長いことつけっぱなしだったから

仮面が肉に食い込んでいるかもしれない
はずすと皮ごと剝けてしまうかもしれない
血が噴き出してとまらなくなるかもしれない

いやいやそんなことは起こらないさ
水に濡れた薄い紙みたいに
音もたてずにすうっと皮膚からはがれるはずだ

その奥にはどんな顔があるかだって？
教えてやろうか
そこにはなーんにもないのさ

がらんどうの真っ暗闇
目もなければ鼻もなければ口もない
のっぺらぼうどころかナッシングだ

黒よりも黒い暗黒
無よりも無に近い真空
叫び声すら虚空に吸い込まれて聞こえやしない

いやいやそんなはずはないだろう
あんたにも俺が見えるはずだ
仮面の向こうに光る目が

口元も見えるだろう
口を大きくあけてみようか？
ワニみたいに立派な歯が生えそろっているはずだ

この仮面のことかい？
なかなかよくできているだろう
嵌め込まれているのは正真正銘のダイヤモンドだ

さておしゃべりはこれくらいにしておこう
いよいよショウのはじまりだ
こうやって仮面の両端に手をそえて

えいやっと引きはがせば
ほうらこの通り

さあて何が見えたかな？

（男はゆっくりと仮面をはずした
そこにはわたしの顔があった……）

Summer; Fragments of Travels

夏／旅の断片

眼差しの旅

眼差しの旅に出るんだ
俺たちの地図は水に濡れて
城壁や森の境界線は
微かな染みとなって消え失せ
熱のある湿った風が
ざわざわと
静脈の土地を吹きすぎてゆく

片側に錫色の波の砕ける
傾いた河口の近くで
指の骨をひろいあげる

このあたり
洪水の来る前には
毒麦を喰べて暮らしている
歌うたいたちが棲みついていた

石ころと
わずかばかりの草むらが
ひそひそとささやきかわす場所
—カシオペアは笑ったね
—アンタレスは脚がはやいよ
—火鼠はどこに行ったんだろうか?
—ぼくにはなんにも聞こえないよ

雨まじりの西風のから騒ぎ
重い砂に印された足あとを辿る

黙りがちな食事のあとで
ブリキの器からそそがれる水
きれぎれに呼びかわす声が
果たされない約束のように
部屋の外で

高い場所から
不意に花束が投げられる
次々に
まるで祭りの日のように
指で触れると
あっというまに溶けてなくなってしまう
凝（こご）った光でつくられた花束

そしてふたたび

湧きおこる水の音
俺たちの地図が重なりあうときに
一本の線が新しいかたちを刻む
咲き匂う薔薇の土地で
精霊たちのほそい喉から
静かに滲み出すことば

眼差しの旅は終わった
さあ早く
窓をあけなさい。

キアカ

一九八〇年の二月（四〇年以上も前だ）
ウガンダとタンザニアの国境近くを歩いていた
ケニヤのナイロビを出て三日目のことだ
初老の男と道連れになり
しばらく一緒に歩いた
国境にはキアカという街があるはずだ

《キアカは遠いのか？》
〈もうすぐだ〉
《ずいぶん歩いたよ》
〈見えるだろう　あの丘　あの向こう側だ〉

《ちょっと休んでいかないか》
〈いいよ〉

赤土の道　崩れた煉瓦の壁
打ち棄てられたキャタピラの横に
錆びた不発弾がころがっている

〈わたしは行く〉
《うん》
〈疲れたのなら　もう少し休んでいきなさい〉
《キアカは遠いのか？》
〈すぐ近くだ〉

男は行ってしまった
国境の街に着いた頃には

日が暮れかかっていた

そこでイミグレーションの係官に
所持金不足ということで入国を拒否され
次の日に　タンザニア軍の兵士を満載したトラックで
ウガンダの首都のカンパラまで送り返された
そこからバスを乗り継いで
ナイロビまで
ようやく戻ってくることができた

だが　わたしは
本当に　ナイロビに帰ってきたのだろうか
わたしの分身はまだ
ウガンダとタンザニアの国境あたりを
うろついているような気がしてならない

向こうから襤褸（ぼろ）にくるまり
杖をついた男が　足を引きずって歩いてくる

《キアカは遠いのか？》
〈すぐ近くだ〉
赤土の道が　丘をこえて
向こう側までつづいている。

マリンディ／最後の旅

マリンディという海沿いの街に行くことにした。雨季が迫っている。これが最後の旅になるだろう。

モンバサからバスを乗り継いで、午後にマリンディに入った。かつてはインド洋の交易で栄えた時期もあったが、いまは色褪せたペンキで塗られた建物が並ぶ、乾涸びた街になっている。

インド人の中年男が経営している、デルポイ・ハウスと称する安宿に泊まることにする。階上にはその家族が住む。奥さんと目の大きな男の子。化粧の濃い太った婆さん。ひらひら靡く彼らの衣装（サリー）は、異様なほどの美しさだ。

家はいま改装中で、黒人の使用人たちが砂地を掘っている。旦那は下手くそなスワヒリ語で命令するが、暑さに喘いでいる男たちは、不貞腐れて、闇雲に砂の山を築くだけ。男の子がまつわりついてきてうるさい。

海を見ようと思って、痛む足をひきずって防波堤を越える。ひび割れた泥の上に、難破した木造船が取り残されている。その向こうの岬に、ヴァスコ・ダ・ガマの記念碑（クロス）があるはずだが、とてもそこまで行く気にはなれない。

岬のこちら側は岩場になっていて、ギリシャ人らしい初老の男と若い女が、シュノーケルをつけて海に潜ろうとしている。彼らの叫び声が、風にのって聞こえてくるが、何を言っているかわからない。

モンバサでひどく打ちつけた膝から下が痛む。膨れあがった足。次の日もまだ迷っている。このまま引き返すべきか。それとももっと先まで行くか。雨季が近いので、戻って来られなくなることも考えられる。

インド人は楽観的だ。まだ雨季は来ないよ。風向きでわかる。その足じゃ、タナ川を越えて先には行けないだろう。もう少しここにいるといい。ずっと冷やしていたら、夜になって、足の腫れがややおさまってきた。

どこか遠くで雷鳴が低く聞こえる。隣の家で飼われている驢馬が悲鳴をあげる。足の痛みはなくなったが、目が冴えてなかなか眠れない。蚊帳を吊っているにもかかわらず、耳元で蚊の羽音がする。朝方に激しい雨。

別れを告げたとき、インド人は穴のなかから汗まみれで手をふる。バスはまだ来ない。バス・ステーションの前の食堂でチャイを飲む。不意に、角笛と喇叭と太鼓を手にした男たちが、陰気な音楽を演奏しながらあらわれる。

誰かの葬列らしい。白い帽子（コフィア）と長衣の男たち、黒いヴェールと腰布の女たちがそのあとに続く。削ぎ落としたような横顔の若者に手を引かれて、赤い衣装を身に纏った男が通り過ぎる。両眼が潰されている。

彼の名を私は知っている。

November Slips

十一月に坂道ですっころんだ
耳元で尺八がぶおおおと鳴り
琵琶の撥音が冷えきった空気を掻き乱す

不意に表が騒がしくなった
外に出て肩越しに覗き込むと
皮を剥かれて丸裸にされた狸が一ぴき
あおむけに地面にころがされている

どうしたんですか?
追い剝ぎだよ

そっけない答えが返ってきて
隣の男は口笛を吹き始めた

赤く剝かれた腹のうえに
誰かが水を注ぐ
水はみるみる血の色に染まり
狸はうっとりと目を閉じている

坂道ですっころんだのは
その日の夜のことだ
そのまま地べたに寝そべって

夜明けまで
尺八と琵琶の音を聞いていた。

Hotel Bakka（馬鹿ホテル）

『ai ジョン・レノンの見た日本』（小学館、一九九〇年）
のページをめくっていたら
電話でホテルの予約をするシーンが出てきた

スキンヘッドの小さな男が
「Moshi moshi Hotel Bakka desuka?」と電話する
彼は「Baka Airline」（馬鹿航空）で日本にやってくる
別のページには　ホテルのフロントで
「Arigato gozaimashita」と別れを告げるシーンもある

それを見ていたら

わたしもHotel Bakka（馬鹿ホテル）に
泊まったことがあったのを思い出した

回転ドアを抜けると
ドアマンが赤紫色の長い舌を出して
あかんベーをした
フロントの男は口にヒラメをくわえていた

エレベーターの数字が
ものすごい勢いで点滅しているので
自分がどの階にいるのか　まったくわからない
でたらめにボタンを押したら
運よくわたしの部屋がある階だった

鍵穴がどこにも見えない

ドアノブをぐるぐる回したら
ドアノブごとすっぽり取れてしまった
外から鍵はかからず
ドアチェーンで　内側から鍵をかけるシステムらしい

部屋の真ん中にバスタブがある
でも　どうやってお湯をためるのかわからない
「シャワールームは四階です」という貼り紙
バスタブだと思ったら　棺桶型のベッドだった

Hotel Bakka には二日ほど泊まった
わりかし居心地はよかったが
夜になると　椅子が空中に浮揚したり
ポルターガイストで壁と床がぼこぼこ音をたてたりするので
さすがにそれ以上泊まる気はしなかった

チェックアウトで請求された金額は
驚くほど安かった
ホテルのフロント係は　あいかわらずヒラメをくわえていたが
額に角をはやしていた

仕立ておろしらしい制服を着たドアマンは
馬の顔をしていた。

猫

バオバブの樹の根元の部屋で
猫と暮らしていた

いや
あれは猫だったのだろうか
額のまん中に　みじかい角が生えていて
右の耳は　ガラスのように
透きとおっていた
猫と呼んでいたので
猫だったのだろう
ミルクを毎日やっていたし

いつも　みゅうみゅう
猫のような声でないていたから

長い夕方
一日という曲の
終わりのないコーダ
揺り椅子に背をもたれ
あけはなした扉のむこうの
バオバブの樹を眺めていた
バオバブの枝々には
おおきな実がぶらさがっている
なんだか逆さに吊るされた
ひとの姿のようだ

長かった夕方が

ようやく暮れて
天空に星々がまたたきはじめる
地平線の近くに　南十字星がのぼってくる
そのうちに　うつらうつら
眠りに誘いこまれてしまった
甘い蜜のような匂いがする
やわらかい泥のなかに
沈みこんでいく

夢の踊り場
窓のすき間から
猫が外に出ていこうとしている
さっきまで　膝の上にいたはずなのに
指と指のあいだを
するり

すり抜けていった

猫
戻っておいで
外はあぶないよ
お前をとって喰おうとする
悪霊(シェターニ)たちがはびこっている
あのバオバブの樹の実
あれにも手や足がはえてきて
大口をあけて
お前を呑みこんでしまうだろう

井戸の底で
みゅうみゅう
ないている声が聞こえた気がして

ふっと目を覚ます
立ち上がって　灯りをつけると
部屋はもう
「おおきな母（ママ・ムクーブワ）」のような
夜の腕に抱きよせられていた

猫はいない
外に出かけたのだろうか
バオバブの実が
月の光に照らしだされ
シルエットになって　揺らいでいる
猫
どこにいるの
呼びかけても答えはない

猫
戻っておいで
ガラスの耳が割れてしまうよ
コップの縁から水があふれるように
哀しみがこぼれていく
バオバブの樹の枝が　ゆさゆさ
風に騒ぐ

猫
行ってしまったんだね
でも　いつものように
皿にミルクを満たして
扉の横に置いておこう

猫

どこにいるの
井戸の底から　この星が見えるかい
猫
戻っておいで
ぼくはずっとここにいるよ。

泣く女

泣く女を見た。ザンジバルのストーン・タウンの港の近くだ。黒い布を
身にまとっているが、ショールだけが燃えるような真紅の色。上半身を
奇妙なかたちに捻り、両方の掌をこちらに向けている。

泣く女を見た。大きく見ひらかれた両眼から、涙が流れつづけている。
妙に作りものめいた涙だ。ポンプで押し出したように、眼の縁に盛りあ
がり、そこからガラスのしずくのようにこぼれ落ちてくる。

女は完璧に美しい。長い睫毛。薄く彫り込まれたような鼻梁。細い首に
すらりとした体躯。肌の色は磨きあげたような褐色だ。グアダルーペの
聖母を描いた板絵のようなのだが、唇のあたりだけが妙に生々しい。

泣く女を見た。ひと目見たときから魔性の者であることに気づいていた。すぐに逃げ出そうとしたのだが、からだがこわばり、眼を離すことができない。蜘蛛の糸にからみつかれた蝶のように、ただもがくばかり。

歌声が聞こえる。女が泣きながら歌っているのだ。か細いけれど、どこかにさらわれてしまいそうな強い力。耳を塞がなければならない。そうは思うのだが、うっとりと身をまかせそうになってしまう。

泣く女を見た。気がつくと、わたしの眼からも涙があふれていた。もうどうなってもいい。このままあの女と一緒に、涙が涸れるまで泣きつづけ、ともにこの世の終わりを迎えればいい。それだけのことだ。

そう決めたら、気持ちがすっと軽くなった。だが次の瞬間、女の顔が、豌豆(えんどう)まめを潰したようにぐしゃぐしゃになった。全身の皮膚がずるずると垂れさがり、崩れおち、血まみれの物質と化していった。

泣く女を見た。ザンジバルのストーン・タウンの港の近くだ。その姿はもうどこにも見えない。すでに陽は落ち、薄闇が忍び寄ろうとしている。そのまま踵(きびす)を返し、ものも言わずに歩みを進めていった。

街のざわめきが戻ってきている。肉を焼く匂いがする。街灯の明かりがいっせいに点いた。だが何かがまったく変わってしまった。作りものなのは泣く女ではない。こちら側の世界こそががらんどうなのだ。

八月

眠り娘は目を覚さない
気狂いじみた熱気のなかで
午後の街は
犬の舌のように喘いでいる
鳥を売る男が一粒ずつ
星型の種子を播いていく
かすかな芽生え
砂粒のあいだから
透きとおった鳥たちが生長する
真夜中まで　啼きつづけていて
朝には青い石に変わってしまうので

急いで丘に埋めなければならない
蟬が鳴いている
眠り娘はまだ目を覚さない
光の枝が長い影を刻む
物陰で交わる二人の男
ゆっくりと見ひらかれる鉛の瞳
黄昏どき
顔のない女とあいびきをする
首をだき
速い流れを下る
犬の木霊と物売りの声が
水を渡る風に入り混じる
不意に知らない名前を呼ばれる
髪をふり乱した　赤い靴の少女が
踊りながら建物の角をまがる

薄闇に手を洗う人
噴水の向こうに
ほそい三日月
眠り娘が目を覚ます。

半島／旅／フラグメンツ

You and I have memories
Longer than the road stretches out ahead
(The Beatles, Two of Us, lyrics by John Lennon & Paul McCartney)

わたしたち二人
半島をめぐる旅に出たのはずいぶん前のこと
いつのまにか道を失い
知らぬ間に時が過ぎていった

季節は春から夏に
今日は日差しが強いが風は冷たい
もう夏の終わり

土用波の寄せる浜辺に　人の姿もまばらだ
羊の群れのように寄せては返す波が
足元の砂をすくっていく
雲の影がせわしなく
わたしたちの斜め前から　背中の方へと
駆け抜ける

昨日の夜は
砂浜に降りていく階段に腰を下ろして
若者たちが花火をしているのを見ていた
夜空に打ち上がる火球
十二個までは数えたのだが　あとは覚えていない

南の低い空に

さそり座の弓形の尾が傾いてかかっていた
あの心臓のところの赤い星が
たしかアンタレスだ

わたしたち二人
最初は一人だったような気がするのだが
気のせいだろうか
たまたま巡りあった迷い子のように
いつのまにか二人になっていた

二日前はどこにいたのだろうか
もうずいぶん前に思える
そうだ
支線に乗り換えて　夜の駅に着いたのだった

プラットフォームに降り立つと
鳥の声が聞こえてきた
姿は見えない
しばらくして　スピーカーから
録音した鳥の声を流しているのに気づいた

その前はどこにいたのだろう
もはや　継ぎはぎだらけの手帖のページのように
いくつかの記憶が点滅しているだけ
フラグメンツ

鉄道を乗り継ぎ
バスでいくつかの峠を越え
半島の突端の灯台から
岩礁に砕ける波とその周囲の海面の

深い緑色を　ずっと見続けていた

フェリーに乗って
島に渡ったこともあった
猫の多い島で　頭から袋をかぶった住人たちも
四つ足で歩き回っていた

石垣の横に
ニワトリ小屋があり
真っ昼間なのに　尾の長い雄鶏が
けたたましく鬨（とき）の声をあげていた

わたしたち二人
いつまで　この旅を続けるのだろう
答えを出したくないという思いと

そろそろ行く末を決めなければという思いが交錯する

このままでいいのよ
たしかなものは　わたしたちの記憶の塔が積みあがり
やがて砕けて
その破片が骨のように散らばるということだけ
そう　フラグメンツ

わたしたち二人
荷物をひとつにまとめ
海辺のバス停で　なかなか来ないバスを待つ
青空と　草木の緑のしたたりと
蝉の声

迷い子は迷い子のまま

でも　わたしたちは二人
旅はまだ続きそう

あ
バスが来た。

Spring; Seals

春／アザラシたち

1

ある朝
目を覚ますとすぐに
アザラシのことを書かなければと思った

夢に出てきたのは
北の氷の海に棲む
あのずんぐり頭
どんぐり眼（まなこ）のアザラシたちだ

アシカでもなければ
オットセイでもセイウチでもない

アシカやオットセイには耳たぶがあり
セイウチには長い白い牙がある

アザラシは前ビレが短いので
アシカみたいに地上を歩くことはできない
鼻腔を閉じ　肺に空気を溜めて
深いところまで潜ることができる

でも書きたいのは　そんなことじゃない
アザラシたちの哀しみ
A grief filled with seals だ

哀しみが
つるつるの丸みを帯びた
アザラシの体のかたちにこごまり

氷の海をただよっていく

時おり
ぐりゅるりゅというような啼き声をあげ
透きとおった薄い光を
身にまといながら
どこか遠くまで行こうとしている

大きなアザラシの横に小さなアザラシ
親子なのだろうか
つがいなのだろうか
ぐりゅるりゅ　きらー　と啼きかわしながら
どこまでもただよっていく

そんなアザラシたちについて

書こうと思ったのだ

誕生日の前の日の
ひどく生あたたかい朝
春の雨が　柿の木の枝をつたって
軒先に
したたり落ちる

アザラシたちの啼き声は
まだ耳の奥にのこっている
にんげんと同じく
彼らもまた五本指だ

そんなアザラシたちについて
書こうと思ったのだが

彼らの姿は　夢の縁（へり）からこぼれ落ち
いまは遠くに薄らいでしまった
もう　そろそろ
起きなければならないのだろう。

2

誕生日が来て六十九歳になった
六十九歳！
来年は「人生七十古来希なり」
立派なジジイだ

七十年近く生きていると
大脳側頭葉の海馬のあたりに
記憶が地層のように積み重なる
幸いなことに
下の方からじわじわ消滅していくので
押し潰されて　ぺしゃんこになることはない

ときどき
何かの拍子に
地層の一部が結晶して
不思議な模様を描く石のかたちをとることがある
アイルランドで見たアザラシも
そのうちの一個

二〇〇六年にダブリンから鉄道を乗り継いで
大西洋に面したゴールウェイへ
そこからフェリーでアラン諸島のイニシュモア島に渡った
港からドン・エンガスの絶壁へと向かう
その途中の海辺で
アザラシを一頭見かけた

かなり大きかったので
ハイイロアザラシの牡だったのではないだろうか
バスはあっというまに走り過ぎ
ごつごつした岩場と黒っぽい海を背景にした
アザラシのシルエットだけが
目に残った。

記憶のスクリーンを点検しても
野生のアザラシを見たのは
それ一度きり

一度きりの経験はたくさんあるが
アザラシのことを書こうと思ったことで
イニシュモア島という名前とともに
ずんぐりとしたアザラシの姿が

海馬の片隅に
浮かびあがってきた

途切れ途切れのイメージが
これから先はもっとぶつ切りになり、
もつれ　砕け　からまりあって
意味をなさなくなっていくのだろう

イニシュモア島からの帰り道
ゴールウェイでアイリッシュホイッスルを買った
普通のやつよりも大きくて
水道管に孔をあけたみたいで
北の海を越えてきた　冷えきった風のように
ぼお　ぼお　ぼお　と
くぐもった音がする

ダブリンに着くまでには
ダニーボーイを吹けるようになった。

3

アザラシたちは
にんげんに殺されてきた

銛で突かれ　銃で撃たれ
氷の海から
鉤爪でひっかけて
地上に引っ張り上げられ
コブのついた棒で止めを刺される

皮を剝がれて衣服や帽子や靴に加工され
腸以外の内臓、肉、脂肪は貴重な栄養源になる

脳みそは「格別な味」がするのだという
大塚和義「ニヴフのアザラシ猟と送り儀礼」
という論文を読んだ
『国立民族学博物館研究報告』19巻4号、１９９５年、５４３〜５８５
頁
サハリン島北部と対岸のアムール川流域に住む
ニヴフ（ギリヤーク）人の
生活と儀礼についての調査報告だ

ゾーヤという年老いた女性が
「頭骨に宿るアザラシの霊送り」の儀礼の準備をする
こんなふうに

〈頭部は毛皮や肉をつけたまま水だけでゆでられる。約一時間ほどでゆで上がる。はじめに、鼻面についた髯を一本残らず手でむしり取る。髯は半透明で太さは1㎜、長さ1㎝ほどあり、むしった先から、脳を除去した後頭部の孔に押し込む。ついで鼻面から口唇付近にかけて、小刀で一気にそぐ。鼻孔に切断されたユリの球根がみえる。［中略］頭部のすべてを骨だけにすると、水辺に多く繁茂する草を一茎抜き取り、これで下顎を含めた頭骨全体を十字形に縛る。この草はハマニンニク（テンキグサ）で、高さ50〜100㎝、葉の部分は長さ20〜40㎝、幅7〜12㎜で細長く先端がとがった形状のものであり、両手で引っ張ってちぎることが困難なほど丈夫な繊維である。縛り終わったあとコケモモを口先に塗りつけてアザラシの霊に捧げる。〉

ゾーヤは霊が宿ったアザラシの頭骨と
眼球が入ったバケツを持ち
霊送りの儀礼を執りおこなうために
人気のない海岸に向かう

〈海岸に着くと、頭骨の後頭部の孔に広口ビンに入った眼球膜の部分と硝子体を一緒に注ぎ込む。そして、しずかにうち寄せる波打ち際に立って、「どうぞ、仲間のいる海にお還りください。こんど来るときは、たくさんの仲間をつれて来てください」という意味の祈り詞をニヴフ語でささげた。このあとゾーヤは数歩海に向かって歩んだあと、手にもった頭骨の先端を前に向けてはるかな海のかなたに帰還するように投げた。投げられた頭骨は海面に小さな飛沫を立てて一瞬にして没し、円い波紋がいくえにも海面にひろがった。これで、アザラシの霊は海に還ったのである。〉

アザラシたちは
にんげんに殺されてきた

でも　ニヴフの人びとのように

アザラシとともに世界を分けあっている者たちは
その霊魂を丁重にあつかい
ふたたび海へと送り返してきた

むしろ死者となってはじめて
アザラシたちは固有の魂として認められ
化粧をほどこされ
百合の球根やコケモモのような
供物を捧げて祀られる

殺したものは
殺されたものの皮を身にまとい
その生を受け継いでいく

生と死の循環

だが　それはいまもつづいているのか？
サハリン島のニヴフの人びとは
「アザラシ猟と送り儀礼」を
いまなお　受け継いでいるのだろうか？

目を瞑ると
海に投げられたアザラシの頭骨が描く円い波紋が
いくえにも重なりあって広がっていくのが
くっきりと
見えるような気がするのだが。

4

二〇〇二年から翌々年にかけて
東京湾から迷いこんだアゴヒゲアザラシの牡
（一歳前後、体長約一メートル）が
関東近辺の川で目撃された

多摩川
鶴見川
帷子（かたびら）川
大岡川
中川
荒川

だが　風邪と花粉症でもうろうとしたまま
歩きつづけていたのは
そんな名前の川じゃない

それはむしろ名無しの川
向こう岸は縹渺（ひょうびょう）とかすみ
こちら側にはどこまでも高い土手が続く
その土手の上の草を踏み固めた道を
当て処もなく歩きつづけているうちに
日が暮れてしまった

どこからともなく差しこむ光に
川面がほのかに明るみ
ちりめん皺のような白波が立つのがみえる

月も星もなく
風も止んだ

誰かと一緒に歩いてきた気がして
ふりかえってみても
そこにはもう誰もいない
おんなの人のかたちにくり抜かれた
「空白(ブランク)」だけが
ひっそりと後をつけてくる

河口に着いた
土手もそこで終わっている
砂洲に大きな波が打ち寄せているが
なぜか波の音は聞こえてこない
けものの匂いがする

関東近辺の川から川へとさまよっていた
あのアゴヒゲアザラシの牡
（二年後には体長も体重も二倍近く）が
すぐ近くまで来ている気がする

そうするとこの川は
名無しの川ではなく
多摩川
鶴見川
帷子川
大岡川
中川
荒川
のうちのどれかに違いない

きっと帷子川だ。

5

海豹の目には泪
細く糸を引き

天さかる向かふの岸に
陽炎の立つ

帷子川は
三瀬の川か

弔ひの列は
蕭々と

土手の上をゆく。

6

沼澤地方の
ヨシやガマの生い茂る草地
ぬかるんだ道を　水溜りをよけながら
歩いていく

海と陸との境目
汽水域のあたりの土手に
ハコヤナギの樹がひょろひょろ生えていて
その横の木小屋で
アザラシの皮をかぶったおんなと
あいびきをする

その人の名前を知らない
でも　かの女の一族は
ula と呼びならわされているので
そう呼ぶことにする

ula ウラル山脈の ula
ハコヤナギの葉裏の ula
「ああ浦　さびしい女！」の ula だ

ula は気を遣りかけると
わたしの二の腕に　血のにじむくらい
歯を立てる
終わったあと
深い井戸のような眠りに落ちて

しばらくは戻ってこない

わたしは知っている
その間に　ula が脱ぎすてたアザラシの皮を
どこかに隠してしまえばいいのだと
そうすれば
彼女はわたしについてくるしかなくなる

だが　そうしない方がいいのだろう
にんげんの世界で暮らすのは
海の一族にとってはきついことだから
岩礁に身を横たえて
嘆き声をあげ
助けを求める日がきっとくるはずだから

ulaはふたたび
アザラシの皮を身にまとう
「ふしぎなさびしい心臓」が
トクトクと時を刻み
わたしたちは気水域のあたりで
目と目を見交わして　別れを告げる

泳ぎはじめたulaは
すぐに水のなかに没するが
もう一度だけ浮きあがり
わたしに最後の一瞥（いちべつ）を与えて

低く垂れこめた灰色の雲の彼方へと
水脈（みお）を引いて
消え去っていった。

▼括弧内は萩原朔太郎「猫の死骸」、「沼澤地方」（『定本青猫』版畫荘、一九三六年）から引用。

7

萩原朔太郎の『定本青猫』の
「ula と呼べる女に」という献辞を持つ
「猫の死骸」と
「沼澤地方」を読み返していたら
その一つ前の詩が「海豹（あざらし）」であることに気づいた

セレンディピティ！
こういうことはありそうで
あまりない
あまりないけれど
確実にある

「わたしは遠い田舎の方から／海豹のやうに来たものです」
麦畑と田んぼが広がる田舎から出てきた男は
小旗がたなびくパノラマ館の横を抜けて
都会の白っぽい道路を
人力車で走り抜け
薄汚れた公園のベンチに坐って
「海豹のやうに嘆息」する

海豹はいうまでもなく
朔太郎の自画像
前橋から東京に出てきて　うつろな心を持てあまし
ため息をつきながら「さうめいに晴れた青空」を
眺めている

この詩の初出は
『愛の泉　第九號』（一九二五年五月刊）
詩が書かれた大正一四年にも
令和五年四月にも
海豹のような「無職者」が
日がな一日公園のベンチで過ごしているはずだ

荒寥地方
沿海地方
沼澤地方に旅をして
美と真実とを交易していた
あの冒険の日々はとうに終わってしまった
腰回りだけが丸みを帯びて
ベルトの穴に入りきれないほどに
ふくらんできている

青空に白い雲が浮かぶ
シフォンケーキの上に生クリームをのせたみたいだと
海豹のような「無職者」
は思う。

8

桜の花びらが
風に舞う
地面に降りしいて
さわさわと舞いおどる

その花吹雪のトンネルをくぐり抜けて
神田神保町
古書センター3Fの
鳥海書房に出かけてきた

一枚千九百円で購入したのは

Robert Hamilton M.D., The Natural History of the Amphibious Carnivora, The Walrus and Seals
一八三九年にスコットランド・エディンバラで刊行された
動物図鑑の一ページ（バラ売り）だ
William Home Lizars による手彩色銅版画に
二頭のアザラシが描かれている

解説によれば　彼らは
The Ursine Seal, or Sea-Bear of Forster
（クマアザラシ、あるいはフォースターの海熊）
どうやら南米・チリの沖合のファン・フェルナンデス諸島に棲息する
アザラシ（あるいはオットセイ）らしい

一頭は前ビレをたたんで頭部をもたげ
ガラス玉のような目を大きく見ひらき　鼻をうごめかせて

風の匂いを嗅いでいるよう
もう一頭はその奥で岩礁に横たわり
目を瞑っている
生きているのか　死んでいるのかはわからない

一八三九年は天保十年
「蛮社の獄」が起きた年だ
パリでは科学・芸術合同アカデミーの席上で
フランソワ・アラゴーが世界最初の実用的な写真術
ダゲレオタイプの製法を公表した

手彩色銅版画のアザラシたちは
画像として凍りついたまま　一八〇年以上の歳月を経て
神田神保町の古書店で購入され
花吹雪が　風に舞う

William Home Lizars, The Ursine Seal, or Sea Bear of Forster, 1839

街に出ていく

千鳥ヶ淵のベンチで
ＯＰＰ袋をあけて
彩色図版のアザラシたちを　手にとって眺めると
その上にも桜花が
ひとひら　ふたひらと
粉雪のように舞い降りてくる

なんだか
風が冷たくなってきた
水面が揺れ騒ぎ
花びらが渦を巻いて流れる
潮の香りを嗅いだような気がしたが
きっと気のせいだろう。

9

ピンポーン
アザラシ便です
お荷物をお届けに参りました

はい
ちょっと待ってください
いま降りて行きます

アザラシ便の配達人は
茶色がかったグレーの制服を着ている
薄緑色のキャップ

伝票にサインするときに　ちらっと見たら
指のあいだに水掻きがあった

見覚えのない送り人から届いた
ベンガラ色の包み
厳重に梱包された紐をカッターで切り
ガムテープを剥がして　段ボール箱をあけると
古新聞紙に何か包んである

どうやら
ゴマフアザラシの頭骨らしい
草の繊維で上顎と下顎とを十文字に結び
額の真ん中にあけた穴に
赤い糸を通してある
骨には貝殻のようなものが貼りつき

かすかに磯の匂いがする

手に載せると意外に軽い
そのまま窓際に運んで
積み重ねていた本のいちばん上に置いた
向きを変えて
窪んだ眼窩を　窓の外に向ける

北の空から
羽田空港に向かうジェット旅客機が
ごおごおと音をたてながら飛来してきて
頭の上を過ぎていった
いつのまにか進入経路が変わったので
この時間にはひっきりなしに飛行機がやってくる

ゴマフアザラシの頭骨は
ひっそりと外を見ている
もう
日暮れが近い。

10

昼間から呑みすぎたので
風に当たろうと
水車のある
鍋島松濤公園の池のあたりに紛れこんだ

昔は池におびただしいほどの亀が群れていて
水車小屋の周りの岩に折り重なって
日向ぼっこをしていたので
勝手に「亀公園」と呼んでいた
でも　知らぬ間に駆除されてしまって
亀の姿はほとんど見えない

水車はあいかわらず
桶のような仕切りに　水を汲み上げては
ざーっと池の中にぶちまける
物憂い動きを
繰り返している

世はなべて事もなし

水車小屋の脇に
木でできた滑り台のようなものが見える
その上の方から
何かがころころと転げてきて
とぷんと池に落ち込む
なんだろうと思って目を凝らすと

ちいさいアザラシが
横向きに転がり落ちてくるのだった

とてもちいさな
てのひらに載るくらいの大きさのアザラシたちは
どこからともなくあらわれては
木の枠を滑り落ち
水のなかにはまりこむ
そのまま
どこかに泳ぎ去ってしまう

見つづけていると
酔いがぶりかえしそうになったので
桜の花びらを浮かべた池の水面に目をそらす
どんよりと濁っていて

亀も魚の影も
なんにも見えない
むろん
アザラシたちの姿もない

曇り空から
ぽつぽつと雨粒が落ちてきた
降りはじめの雨の匂いは
どこか懐かしい
保健室の前の廊下に置いてあった
洗面器の
クレゾール石鹸液
のようだ。

11

Uo-zu と呼ばれる土地で蜃気楼を見た。

蜃気楼は大蛤(はまぐり)の吐く息のなかに、楼閣や帆掛船や山並みなどがあらわれては消えていく現象。

ねっとりとした潮の匂いのする大気中に、奇妙なかたちを持つものたちが浮遊し、くっついては離れ、やがては風に吹きちらされていく。

その帰り途、Uo-zu の駅の待合室で、海豹(あざらし)の幽霊と出会った。

でっぷりとした体躯に、古風な黒っぽい背広の上下を身につけ、ピカピカに磨きあげた革靴を履いている。

頭に載せているのはボルサリーノのボーラーハットらしい。

どんぐり眼を大きく見開き、顎髭をしごきながら、震え声で話しかけてくる。

「わたくしは海豹の幽霊です。

でも固有の個体の霊魂ではありません。

海豹という種の総体を代表するものといえるでしょう。

それだけではありません。

わたくしが represent しているのはにんげんを含むあらゆる生き物でありま す。

わたくしの姿を見てどなたかを思い起こされませんか?」

そういえば、この海豹は昨年急逝したH・Yさんとよく似ている。

髪を長くして後ろにまとめれば、まったくそっくりだ。

「わたくしが貴方に伝えたいのは、死者の記憶についてであります。

わたくしたち海豹は生から死へ、死から生へと休むことなく歩み続けています。

むしろ死者こそが本来の姿であり、生きているわたくしたちは仮象とすらいえるでしょう。

宮澤賢治『春と修羅』の「序」から引用させていただきます。

——わたくしといふ現象は／仮定された有機交流電燈の／ひとつの青い照明です（あらゆる透明な幽霊の複合体）」

海豹の幽霊はそこで一旦言葉を区切り、上着のポケットから、ウィスキーが入っているらしいスキットルを取り出してぐびりと口に含んだ。

「わたくしたちは、さまざまなかたちで生から死へと至ります。

病に斃（たお）れるものもいるでしょうし、accident に見舞われたり、殺されたりするものもいるでしょう。

死後もさまざまな経緯を辿ります。

多くは海の底でひっそりと骨に還っていくのですが、皮を剥がれて衣服に仕立てられたり、胃袋を、脂を入れる袋に加工されたりするものもいます。

最も dramatic なのはキビヤックの器となる場合でしょう。

腹を裂かれ、内臓と肉を取り去った後に、アパリアス（ウミツバメの一種）の死骸をぎゅうぎゅうに詰め込まれます。

それから地中に埋められ、数ヶ月から二、三年にわたって放置されます。

キビヤックは発酵食品としてビタミン類を豊富に含み、そのままアパリアスの尻の穴に口を当てて内臓を啜るほか、肉などの調味料としても珍重されます」

海豹の幽霊はそこで天を仰ぎ、両手を肩のあたりまで差し上げた。

「誤解なきように。

わたくしは死者に施されたそれらの措置を非難するつもりはありません。むしろその逆であります。

死者の記憶は薄らいでいきます。

わたくしども幽霊にとって最も寂しく苦しいのはそのことであります。

願わくば、衣類や器としてわたくしたちのからだを使用し、長きにわたってわたくしたちとともに生きた日々を思い起こしてくださいますことを。

剝製などもよろしいかもしれません。

たとえ博物館の片隅で埃をかぶっていたとしても、生きていたときの姿を永遠に留めているのは、この上ない喜びであります」

海豹の幽霊は、そこでもう一度、上着のポケットからスキットルを取り出して口に含んだ。

「貴方はもう東京にお帰りになるのですね。わたくしとここで出会い、このような繰り言を耳にしたことも、すぐにお忘れになってしまうでしょう。

あの大蛤の吐く幻。

Uo-zu の浜辺の蜃気楼のように。

でも、どのようなかたちでもいいので、身近な死者たちの記憶を保ちつづけていてください。

もし彼らが幽霊となってあらわれた場合でも、決して怖れたり忌避したりすることなく、そっと手を伸ばし、抱き寄せてあげてください。

どうぞお願いいたします」

そのとき、急行列車がホームに入るというアナウンスがあり、そこにいた人たちはいっせいに立ち上がって改札口に向かった。

わたしもその後につづく。

うしろから押してくるものもいる。
改札口を入ったところでふりかえると、がらんとした待合室に、海豹の
幽霊の姿はもうなかった。

12

サンティアゴ・デ・コンポステーラの
巡礼路のように
あるいは
カイラース山（カン・リンボチェ）を巡る
五体投地の順路のように
海にも巡礼の道がある

灯台のある岬の突端
月の光に照らし出された岩礁に
アザラシたちが泳ぎついては
腹に呑みこんでいた

白い石を吐き出し
かわりに
赤い石を呑みこんで
次の場所へと旅立っていく

アザラシたちが追い求めるのは
海の守り神セドナの辿った道
夫の元を逃げ出し
父親らと船で逃げる途中に嵐に遭った彼女は
海に投げこまれる
船縁にしがみついたセドナの指を
父親が斧で切り落とす

その第一関節からアザラシが
第二関節からセイウチが

第三関節からクジラが生まれたという

アザラシたちは
互いに啼きかわしながら
海の巡礼の道を進む
北の海に棲むワモンアザラシ
ゴマフアザラシ
タテゴトアザラシ　クラカケアザラシ
南氷洋のヒョウアザラシ
ウェッデルアザラシ　ミナミゾウアザラシ
低緯度地方を住処（すみか）とするモンクアザラシも
すれ違い
追い越しつつ挨拶をかわす

アザラシたちの巡礼の道は

月の通り道に沿っているので
そこには　ほの青い光を放つ帯が
どこまでも
どこまでも
続く

生きているものたちと
死にゆくものたちの
うたう声が
あわさり
かさなりあって
耳には聞こえない
波のように
寄せては
返す

朝！
その祈りの
果て
に。

あとがき

詩集『完璧な小さな恋人』（ふげん社）を二〇二二年に刊行したことで、詩を書き続けることができるようになった。器に溜まっていた水が、縁からこぼれて形をとるようになったのだ。そうやってできあがってきた詩群を、三部作としてまとめたのが本書である。

第一部「冬／ウクライナのきのこ採り」には、二〇二二年の冬以降に書いた詩をおさめた。ロシアのウクライナ侵攻やコロナ禍がその背景にある。あわせて、写真、絵画、音楽などからインスピレーションを得た詩も増えていった。

第二部「夏／旅の断片」におさめた詩の年代の幅は広い。一番古いのは「眼差しの旅」と「八月」で、一九七〇年代後半の作品である。その後、東アフリカ（ケニヤ、タンザニア）を中心によく旅に出ていた時期があり、「キアカ」「マリンディ／最後の旅」「猫」「泣く女」などは、旅の種子が実を結んだものだ。むろんそのままではなく、本書におさめるにあたっては改稿している。そのほかの詩は、二〇二二年以降のものである。

　第三部の連作「春／アザラシたち」は、二〇二三年三月〜四月に書き下した。なぜだか理由はよくわからないが、そのひと月あまり、アザラシたちの幽霊に取り憑かれていた。結果的に十二個の詩が生まれ落ちたのだが、セレンディピティとしかいいようのない何かが後押ししたということだろう。

　幸いなことに、以前も『石都奇譚集』や『きのこ文学名作選』の刊行でお世話になった港の人が、本書の刊行を引き受けてくださることになった。編集を担当された同社の上野勇治さん、井上有紀さん、装丁の福島よし恵さんに感謝したい。

　キャベツ畑の向こう側の、埼玉県朝霞市の六畳間で詩を書き始めてから、五十年が過ぎようとしている。まだもう少し、いや先のことはわからないが、水の流れに身を任せていきたい。

二〇二三年十月　　飯沢耕太郎

飯沢耕太郎　いいざわ こうたろう

写真評論家、詩人。1954年、宮城県生まれ。1984年、筑波大学大学院芸術学研究科博士課程修了。『写真美術館へようこそ』（講談社現代新書、1996年、サントリー学芸賞受賞）ほか著書多数。写真評論以外の仕事に『茸日記』（［詩集］三月兎社、1996年）、『アフリカのおくりもの』（［詩とドローイング］福音館書店、2001年）、『石都奇譚集』（［小説とエッセイ］サウダージ・ブックス、発売＝港の人、2010年）、『月読み』（［俳句とドローイング］三月兎社、2018年）、『完璧な小さな恋人』（［詩集］ふげん社、2022年）などがある。

トリロジー　冬／夏／春

Trilogy　Winter/Summer/Spring

2024年2月23日初版発行

著者　飯沢耕太郎
装丁　福島よし恵
発行者　上野勇治
発行　港の人
神奈川県鎌倉市由比ガ浜3-11-49
〒248-0014
tel0467-60-1374 fax0467-60-1375
www.minatonohito.jp

印刷製本　創栄図書印刷

ISBN978-4-89629-432-3 C0092